Ehrlich, Leute..!
Nur vom Feinsten!

Walter Moers'
SCHÖNSTE GESCHICHTEN

DAS KLEINE ARSCHLOCH UND DIE LIEBE

Eichborn-Verlag

Entnommen aus: Das kleine Arschloch kehrt zurück

Druck und Bindung: Graphicom, Vicenza
ISBN 3-8218-2963-X
Verlagsverzeichnis schickt gern:
Eichborn Verlag, Kaiserstraße 66, D-60329 Frankfurt am Main

Kleines
Arschloch

BRIIIING!!

Ja?

Mahlzeit!
Ich nu wieder!
Ach du Scheiße!
Er nu wieder!

Herr Nowak, ich liebe ihre Frau!
Ich weiß...
Kann ich Renate mal unter vier Augen sprechen?

Wenn sie es auf eine Körperliche Konfrontation anlegen, dann Kommen sie nur 'ran!!
Ich bin fit wie ein Apfel!

Nein danke... ich hab Schiß...
Renate!! Dein Verehrer ist wieder da!!

Oh nein! Warum hast du ihn nicht abgewimmelt?
Bin ich dein Portier? Er will **dich** ficken, nicht mich!

Dann pass' wenigstens solange auf die Blagen auf!
Einen Scheißdreck werd' ich!

Aber mir eins nach dem anderen reindrücken, das kannst du!!!
Paß' bloß auf, sonst fängst du dir wieder eine...
Ahem...

Renate! Endlich!
Hier! Für dich!

Äh, danke ... was ist das denn..?
Ein Bund Schnittlauch!
Wo du doch so gerne Kochst...
Liebe geht durch den Magen...
Und grün ist die Hoffnung..!

Jetzt hör mal zu, Kleiner... ich bin ja für jeden Jux zu haben, aber irgendwann reißt mir... sag mal, wie läufst du eigentlich 'rum..?

Oh... du hast es bemerkt ... ich wollte damit an deine Säfte appellieren...
Na, du weißt schon...
Smack, smack, smack...!
Blinzel!!

Ich fasse es nicht .!
Ein prächtiges Gemächt, nicht wahr..?
Ich werde dich penetrieren bis zur Besinnungslosigkeit!
Pröt!

Gibt das hier heute noch was zu fressen, oder was ?!?

Was hat dieser Rohling, was ich nicht habe? Ein größeres Gemächt?
Kann man eigentlich nicht behaupten...

Mama!! Papa hat mir wieder unter den Rock gegriffen!!

Laß' uns fliehen, Renate!
Es wird nicht einfach sein...
Aber ist Liebe ohne Kampf nicht wie ein Bier ohne Alkohol..?

Jetzt hast du mich für einen Augenblick beinahe aus der Fassung gebracht...

Wenn in einer Minute das Essen nicht auf dem Tisch steht, bring' ich das erste Balg um!!!

Na gut, ich will nicht in dich dringen...
...jedenfalls jetzt noch nicht, haha..!
Gehst du denn wenigstens mal mit mir ins Kino? Im Capitol läuft ein schöner Film!
Ach ja? Welcher denn?

"Frauen am Rande des Nervenzusammenbruchs"!

Mein Lieblingsfilm..!
W. MOERS

Tja... das war's im Groben...
Denken Sie mal drüber nach..!
W. MOERS